어린 왕자의 맛있는 이야기

어린 왕자의 맛있는 이야기

초판 발행 2018년 11월 05일

지은이 | 생텍쥐페리
엮은이 | 권혁
일러스트 | 문다정
발행인 | 권오현

펴낸곳 | 돈을새김
주소 | 서울시 종로구 이화동 27-2 부광빌딩 402호
전화 | 02-745-1854~5 팩스 | 02-745-1856
홈페이지 | http://blog.naver.com/doduls 전자우편 | doduls@naver.com
등록 | 1997.12.15. 제300-1997-140호
인쇄 | 금강인쇄(주)(02-852-1051)

ISBN 978-89-6167-249-8 (03860)
Korean Translation Copyright ⓒ 2018, 권혁

값 12,000원

어린 왕자의 맛있는 이야기

생텍쥐페리 지음

엮은이 권혁 | 일러스트 문다정

돋을새김

차례 *Contents*

어린 왕자의 맛있는 이야기

소행성 B612호에 살던 어린 왕자가 여행을 떠납니다.

지구는 참으로 이상한 별이구나. 어디든 메말라 있고 뾰족 뾰족한 것이 험하기만 해. 이곳 사람들은 상상력도 없어. 그저 남이 하는 말만 되풀이하고 있잖아…… 내가 사는 별 에는 꽃 한 송이가 있어. 그 꽃은 언제나 먼저 말을 걸어 주 었는데 말이야.

어린 왕자 Le Petit Prince

"사막은 아름다워."
어린 왕자가 말했다.
그것은 사실이었다. 나는 언제나 사막을 좋아했다. 모래
언덕에 앉아 있으면 아무 것도 보이지 않고, 아무 소리도
들리지 않는다.
그런데 그 침묵 속에 무언가 빛나는 것이 있다.

어린 왕자 Le Petit Prince

어린 왕자는 사막의 오아시스 옆에

작은 카페를 열었습니다.

어서 오세요!

'카페 해피니스' 입니다 .

맛있는 이야기와 디저트가 준비되어 있습니다.

MENU

→ 아이싱 쿠키

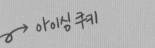

박스 초콜

CHOCOLATE

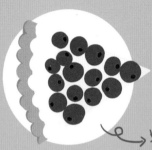

→ 블루베리
타르트

치즈케이

→ 쫀득한 초코칩 쿠키

MENU

팝시클케이크♡

별사탕

밀크티

카카오 90% 초콜릿

Sweet

달콤한,

사랑의 손길은 당신의 현재와 과거. 미래를 함께 감싸안는
다. 그렇게 당신을 하나로 모아 감싸안는다.

남방우편기 Courrier Sud

사랑은 이론이 아니다. 그저 존재하는 것이다.

전투조종사 Pilote de Guerre

언제나 같은 시간에 와준다면 더 좋겠어.

예를 들어, 만약 네가 오후 4시에 온다면, 난 3시부터 행복해지기 시작할 거야. 그리고 4시에 가까워지면 더욱 더 행복하겠지. 4시가 되면 마음이 들떠 안절부절못하게 될 것이고, 행복이 얼마나 소중한 것인지 알게 될 거야. 하지만 네가 아무 때나 불쑥 찾아오게 되면 나는 언제부터 마음의 준비를 해야 하는 건지 알 수 없을 거야.

어린 왕자 Le Petit Prince

아무런 예고도 없이 갑작스런 행복이 불쑥 찾아드는 것을 경험한 적이 있을 것이다. 그런 행복은 너무나 가슴 벅찬 것이어서, 만약 그 행복이 고통으로부터 생겨난 것이라면 그 고통마저도 그리워하게 된다.

인간의 대지 Terre des Hommes

26

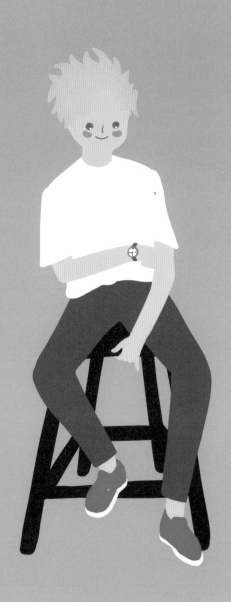

꽃은 초록색 방에 숨어 언제까지고 아름다워지기 위한 단
장을 하기에 바빴다.
세심하게 자신의 빛깔을 고르며 천천히 옷을 차려 입고 꽃
잎을 하나씩 하나씩 다듬었다.
꽃은 개양귀비처럼 흐트러진 모습으로 나타나고 싶지 않
았다.
자신의 아름다움이 활짝 피어날 때 비로소 나타나고 싶어
했다.

어린 왕자 Le Petit Prince

그 꽃이 하는 말로 판단할 것이 아니라 행동을 보고 판단했
어야만 했어. 그 꽃은 향기와 아름다움으로 내 마음을 즐겁
게 해주었지. 도망치지 말았어야 하는 건데!
그 꽃의 어리숙한 행동 뒤에 애정이 감추어져 있었다는 걸
눈치챘어야 했어.
꽃들은 마음에 없는 말을 하거든! 하지만 난 너무 어려서
그 꽃을 사랑할 줄 몰랐어.

어린 왕자 Le Petit Prince

만약 누군가가 수백만 개의 별들 중에서 오직 한 송이만 존
재하는 꽃을 사랑하고 있다면 , 그 사람은 별들을 바라보는
것만으로도 행복할 수 있어 . 마음 속으로 '저 별 어딘가에
나의 꽃이 있겠지……' 라고 생각할 테니까 .

어린 왕자 Le Petit Prince

별들은 사람들이 언제든지 자신의 별을 찾아낼 수 있으라
고 저렇게 환히 빛나고 있는 걸까? 내 별을 봐. 바로 우리
위에 있어.

어린 왕자 Le Petit Prince

30

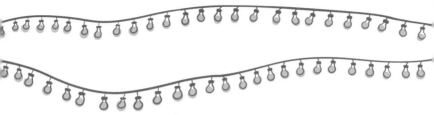

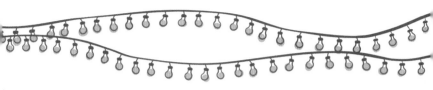

당신이 밤하늘을 바라볼 때, 난 그 별들 중의 어느 별엔가
살고 있을 거예요. 또 그 별에서 환하게 웃고 있을 거예요.
그러면 당신에게는 모든 별들이 다 웃고 있는 것처럼 보이
겠죠. 당신은 웃을 줄 아는 별들을 갖게 되는 거예요!

어린 왕자 Le Petit Prince

어느 별에 사는 꽃 한 송이를 사랑하게 되면 밤하늘을 바라
보는 것이 아주 황홀할 거야. 모든 별들이 활짝 꽃을 피울
테니까.

어린 왕자 Le Petit Prince

사랑은 한 알의 씨앗처럼, 오로지 싹을 틔우기 위해 존재하며 그 뿌리를 넓고 깊게 뻗어나가려 한다.

전투조종사 Pilote de Guerre

우연히 사랑을 깨닫게 되는 순간, 모든 것이 그 사랑에 의해 질서가 잡히고, 그 사랑은 세상을 넓게 바라보게 한다.

전투조종사 Pilote de Guerre

누구에게든 스스로 실행할 수 있는 것만을 요구해야 한다.

어린 왕자 Le Petit Prince

LAMB COOKIES

"자신이 원하는 걸 정확하게 알고 있는 건 어린아이들뿐이
야."

어린 왕자가 말했다.

"아이들은 누더기 인형을 가지고도 많은 시간을 놀 수 있
고 그 인형을 아주 소중한 것으로 만들거든. 그래서 만
약 그 인형을 누군가가 빼앗아가면 아이들은 울게 되는 거
야……."

어린 왕자 Le Petit Prince

삶은 우리들에게 이렇게 속삭인다.
'사랑이란 , 두 사람이 서로를 마주보는 것이 아니라 함께
같은 방향을 보는 것이다…….'

인간의 대지 Terre des Hommes

Fresh

상큼한,

진리는 증명되는 것이 아니다.

이 땅에 오렌지 나무들이 튼튼하게 뿌리를 내려 열매를 많
이 맺는다면 이 땅이 바로 오렌지 나무의 진리인 것이다.

인간의 대지Terre des Hommes

단순한 논리는 영혼을 황폐하게 만든다.

전투조종사 Pilote de Guerre

Orange

그가 가슴에 품고자 열망했던 것은 육체가 아니라, 그 육체 속에 깃들어 있는 솜털처럼 부드러운 영혼과 생기발랄함 그리고 손으로는 만져볼 수 없는 천사였던 것이다.

인간의 대지 Terre des Hommes

"그것은 규율의 문제야."

훗날 어린 왕자가 말했다.

"매일 아침 깨끗하게 씻고 옷을 잘 차려 입고 나면, 자신의 별도 정성들여 가꾸어 주어야 하는 거야."

어린 왕자 Le Petit Prince

나에게 꽃이 한 송이 있어. 나는 꽃에게 매일 물을 줘. 그리고 화산도 세 개가 있어서 매주 한 번씩 청소를 해주는 거야. 죽어 있는 화산도 청소해 주는데, 지금은 죽어 있지만 언제 어떻게 될지 알 수 없는 노릇이거든. 내가 그들을 소유하고 있는 것은 내 화산이나 꽃에게도 아주 좋은 일이지.

어린 왕자 Le Petit Prince

"경험은 우리에게 규칙을 갖도록 하지."

그가 말했다.

"실제적인 경험을 겪지 않고선 규칙을 만들어 낼 수 없는
거야."

야간 비행 Vol de Nuit

삶이 질서를 창조해 낼 수는 있지만, 질서가 삶을 만들 수
는 없다.

전시에 쓴 편지(1939~1944) Wartime Writings

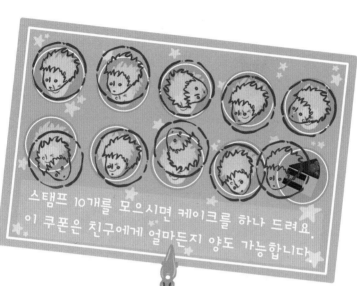

스탬프 10개를 모으시면 케이크를 하나 드려요.
이 쿠폰은 친구에게 얼마든지 양도 가능합니다

불행마저도 우리들 재산의 일부분이다.

야간 비행 Vol de Nuit

나는 이 세상에 가진 것이라고는 아무 것도 없는, 모래와
별들 사이에서 길을 잃고 죽는 순간만을 기다리고 있는 사
람에 지나지 않았다. 겨우 숨을 쉬고 있다는 안도감 속에
서……
그러나 이제 내 마음이 꿈으로 가득차 있다는 것을 알았다.
꿈들은 샘물처럼 소리 없이 내게로 왔다.

인간의 대지 Terre des Hommes

외로움이라는 인간들 사이의 단절은 마음을 줌으로써 이어질 수 있다.

성채 Citadelle

인간들이란 관계에 의해 맺어져 있는 것이다.

전투조종사 Pilote de Guerre

정상만을 고집하며 끝없이 올라가는 사람은 마침내 정상에 도달했을 때 그것이 환상이었으며 아무런 의미가 없다는 것을 알게 될 때까지 계속 노력하는데, 바로 그것이 문제인 것이다.

성채 Citadelle

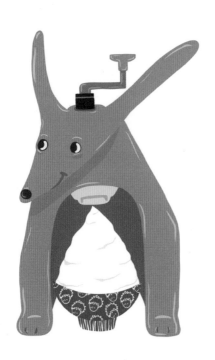

다른 사람에게는 결코 열어주지 않는 문을, 당신에게만 열어주는 사람이 있다면 그 사람이야말로 당신의 진정한 친구이다.

성채 Citadelle

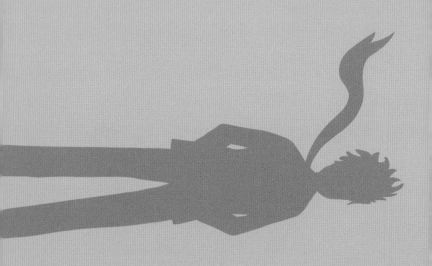

Soft

부드러운,

나무는, 처음엔 싹을 틔우고 가지를 뻗는다. 그리곤 아름드리로 자라난 다음 죽어서는 목재가 된다. 나무는 하늘을 얻기 위해 천천히, 그러나 필사적으로 노력하는 힘인 것이다.

성채 Citadelle

나비들과 사귀고 싶다면 두세 마리의 애벌레쯤은 참고 견
뎌낼 수 있어야 해.

어린 왕자 Le Petit Prince

"……친구를 갖고 싶다면 나를 길들여줘!"
"그건 어떻게 해야 하는 건데?"
어린 왕자가 물었다.
"아주 인내심이 많아야 하는 거야."
여우가 말했다.
"우선 내게서 조금 떨어져서 풀숲에 앉아 있어. 난 너를
곁눈질하며 관찰할 거야. 그리고 넌 아무 말도 하면 안돼.
말은 오해를 낳게 할 뿐이거든. 그렇지만 넌 매일 조금씩
더 가까이 다가앉을 수 있게 될 거야……."

어린 왕자 Le Petit Prince

중요한 것은, 아직 눈에는 보이지 않더라도 어떤 목표를 향
해 끊임없이 전진해야 한다는 것이다. 그리고 그 목표는 이
성이 아니라 영혼으로 찾아야 하는 것이다.

전투조종사 Pilote de Guerre

자신의 무게를 견뎌내는 선박이라면 어떠한 대양이라도
헤쳐나갈 수 있다.

전투조종사 Pilote de Guerre

오직 미지의 것만이 사람들에게 두려움을 준다. 그러나 대담하게 달려드는 사람에게 그것은 이미 미지의 것이 아니다. 게다가 명석하고 신중하게 그것을 바라볼 수 있다면⋯⋯.

인간의 대지 Terre des Hommes

〈아이스크림〉

〈아이스크림〉

어른들은 스스로 무언가를 이해하는 법이 없어. 그래서 그들에게 몇 번이고 설명해 주어야 하니까 어린 나로서는 힘든 일이 아닐 수 없어.

어린 왕자 Le Petit Prince

어른들은 숫자를 좋아해.

새로 사귄 친구에 대해 이야기할 때, 어른들은 제일 중요한 것은 묻지 않거든.

'그 친구 목소리 좋으니? 그 아이는 어떤 놀이를 좋아하니? 혹시 나비를 수집하지는 않니?'

이런 것을 묻는 적은 절대 없어.

'그 친구는 몇 살이니? 형제는 몇이야? 몸무게는? 그애 아버지는 돈을 얼마나 버니?'

어른들은 이런 것을 묻지. 그래야 그 친구가 어떤 사람인지 알게 되는 것으로 생각하거든.

어린 왕자 Le Petit Prince

9 0 4 2 4 0

나이를 먹었다는 것이 잘못된 일이야. 안타까운 일이지.
어린아이였을 땐 정말 행복했거든!

전투조종사 Pilote de Guerre

301016

"사람들은 그 진리를 잊고 있어 ."
여우가 말했다.
"하지만 넌 그걸 잊으면 안돼 . 네가 길들인 것에 대해서는
영원히 책임을 져야만 해 ."

어린 왕자 Le Petit Prince

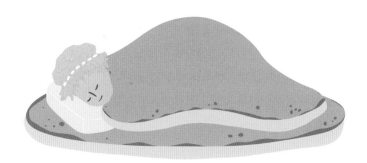

'잠들어 있는 어린 왕자가 이렇게까지 나를 감동시키는 것은 한 송이 꽃에 대한 헌신적인 사랑 때문이다. 잠들어 있는 동안에도 어린 왕자의 마음 속에서 등불처럼 빛나고 있는, 한 송이 장미꽃의 모습 때문이리라……'

그제서야 어린 왕자는 내가 생각했던 것보다 더 여리다는 사실을 깨닫게 되었다.

등불은 잘 보호해주어야 한다. 한 줄기 바람에도 꺼질 수 있기 때문이다.

어린 왕자 Le Petit Prince

우리들은 남자답게 악수를 나눌 때이거나, 경주에서 이기기 위해 경쟁할 때, 또는 곤경에 처해 도움을 청하는 누군가를 위해 마음을 함께 모을 때 비로소 이 지구상에 홀로 있는 것이 아니라는 사실을 절실히 깨닫게 된다.

인간의 대지 Terre des Hommes

위험한 순간에 처해 서로 돕는 마음이 생길 때, 비로소 하나의 공동체에 속해 있다는 것을 알게 된다. 다른 사람의 마음을 발견함으로써 자신을 넓혀가게 되는 것이다.

인간의 대지 Terre des Hommes

오직 마음으로 보아야만 잘 보인다는 거지.
눈으로는 가장 중요한 것들을 볼 수 없거든.

어린 왕자 Le Petit Prince

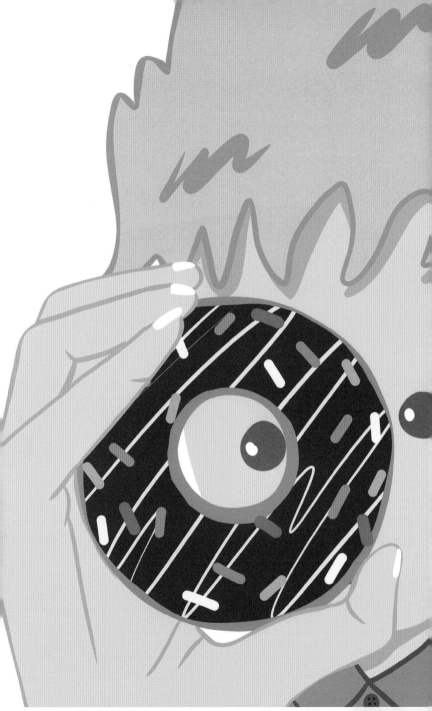

Chewy

쫀득한,

죽게 되더라도 친구가 있었다면 더 좋았을 텐데. 난 여우를
친구로 사귀었다는 것이 너무나 기쁘거든.

어린 왕자 Le Petit Prince

오랜 친구란 손쉽게 얻어지는 것이 아니다.

친구와 나누었던 추억의 시간들, 함께 겪었던 고난, 의견 충돌과 화해 그리고 따뜻한 위로의 말들을 대체할 수 있는 것은 없다.

아침에, 한 그루의 떡갈나무를 심고 오후에, 무성한 잎사귀 아래의 그늘에서 쉴 수는 없는 것이다.

인간의 대지 Terre des Hommes

의무를 충실히 수행하지 않고는 어른이 될 수 없다.

전투조종사 Pilote de Guerre

문명은, 그 문명의 혜택을 받은 사람들이 아닌, 그것을 정
말로 필요로 하는 사람들에 의해 발전하는 것이다.

성채 Citadelle

승리니 패배니 하는 단어는 아무런 의미가 없다. 삶은 이러한 상징들의 이면에 존재하면서 또 새로운 상징들을 만들어내기도 한다. 승리로 인해 약해지는 나라도 있으며, 패배로 인해 새로운 힘을 얻게 되는 나라도 있는 것이다. 따라서 오늘의 패배는 어쩌면 가까운 미래에 얻게 될 궁극적인 승리를 위한 교훈이 될 수 있다. 중요한 것은 오직 과정 속에서의 행동이다.

야간 비행 Vol de Nuit

"길들인다는 것이 무슨 뜻이야?"

어린 왕자가 말했다.

"그것은 흔히들 자주 잊어버리고 있는 것인데, 말하자면 '익숙해진다는' 그런 뜻이야."

여우가 말했다.

"익숙해진다고?"

"그래."

여우가 말했다.

"내게 있어 너는 수많은 다른 소년들과 다를 바 없는 아이에 지나지 않아. 그리고 난 너를 필요로 하지 않고, 너도 날 필요로 하지 않지. 너에게 있어 나는 수많은 다른 여우들과 똑같은 한 마리 여우에 지나지 않는 거지. 하지만 네가 나를 길들인다면 우리는 서로를 필요로 하게 될 거야. 난 너에게 이 세상에 오직 하나밖에 없는 존재가 될 거야……."

어린 왕자 Le Petit Prince

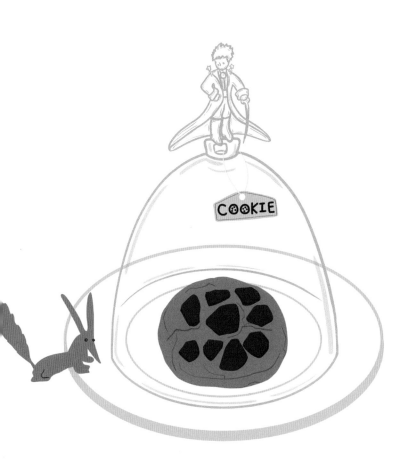

85

우정이란 영혼이 추구하는 목표가 같을 때 생겨나는 것이다. 이를테면 별을 탐사하려는 공통된 열망 같은…….

전시에 쓴 편지(1939-1944) Wartime Writings

"나는 해가 지는 풍경이 정말 좋아, 우리 해지는 걸 보러 가……."
"그렇지만 기다려야지……."
"뭘 기다려야 하는데?"
"해가 지기를 기다려야지."

어린 왕자 Le Petit Prince

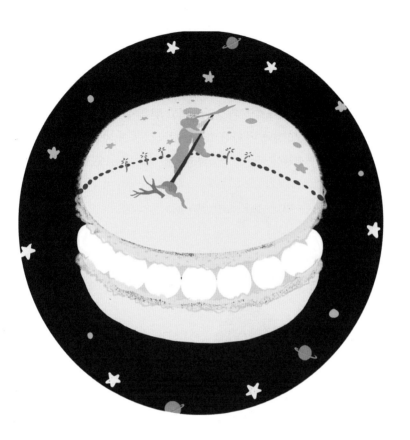

참된 자유는 창조적인 과정 속에서만 얻을 수 있는 거야.
어부는 자신의 본능에 따라 고기를 낚고 있을 때 자유롭고,
조각가는 생생한 얼굴을 조각하고 있을 때 자유로울 수 있
거든.

전시에 쓴 편지(1939-1944) Wartime Writings

무엇을 해야 할 것인가? 이것이야말로 중요한 문제다. 그
것은 지성에 관한 것이 아닌 영혼에 대한 물음이다. 영혼은
앞으로 나올 창작품을 지성 속에 잉태시키기 때문이다. 그
지성은 창작품이 완성될 때까지 이끌어줄 것이다.

전투조종사 Pilote de Guerre

러브 레터를 읽는 사람의 가슴은 행복으로 충만하다. 그것
이 어떤 종이 위에, 어떤 잉크로 씌어졌는지는 아무런 문제
도 되지 않는다. 그가 발견하게 되는 사랑의 메시지는 그
종이와 잉크 속에 담겨 있는 것이 아니기 때문이다.

성채 Citadelle

당신의 사랑이 받아들여질 희망이 없다면 그것을 말로써
나타내지 말아야 한다. 침묵한다 할지라도 사랑은, 당신의
가슴 속에서 조심스럽게 불꽃을 피우며 견디어낼 수 있기
때문이다.

성채 Citadelle

"아저씨가 사는 별의 사람들은 정원 하나에 오천 송이나 되는 장미꽃을 가꾸지만 , 여전히 자신들이 찾는 것을 그곳에서 찾지는 못해……"

어린 왕자가 말했다.

"그래 . 찾지 못하고 있지 ."

내가 대답했다.

"하지만 그들이 찾는 것은 단 한송이의 꽃이거나 물 한 모금에서도 찾을 수 있어……"

어린 왕자 Le Petit Prince

진하고 깊은,

나이는 그 사람의 삶을 집약해서 보여준다.

살아가면서 수많은 장애에 부딪치고 병에 걸리기도 하며 또한 슬픔, 절망 등을 극복하며 서서히 성숙해 가는 것이다. 또 수많은 욕망, 희망, 후회, 망각, 사랑을 거쳐 성숙해지며 이러한 모든 경험과 기억이 축적되어 나이로 나타나는 것이다.

전시에 쓴 편지(1939~19440 Wartime Writings

어떤 상황에서도 자신 속에 전혀 알 수 없는 타인이 존재할
수는 없다. 살아가는 것은 서서히 태어난다는 것을 의미하
기 때문이다.

전투조종사 Pilote de Guerre

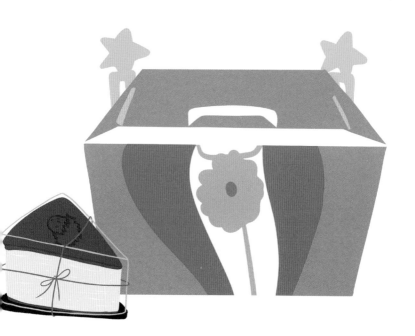

유혹당한다는 것은 영혼이 잠들어 있는 동안 이성이 제시
하는 논리에 빠져 자기 자신을 내팽개치는 것이다.

전투조종사 Pilote de Guerre

진흙 속에 불어넣어졌을 때, 인간을 창조할 수 있는 것은
오로지 '정신' 뿐이다.

인간의 대지 Terre des Hommes

구조되기를 원한다면 한 걸음을 내딛어야 해. 그리고 다시 한 걸음을 내딛는 거지. 언제나처럼 똑같은 걸음걸이지만 그렇게 해야만 해……

인간의 대지 Terre des Hommes

씨앗은 햇볕만 있다면 땅 속의 돌틈 사이에서도 반드시 자신이 나아가야 할 길을 찾아내고야 만다.

전투조종사 Pilote de Guerre

때때로 폭풍우나 안개, 눈보라로 인해 힘들어질 때가 있을 것이다. 그럴 때, 당신보다 먼저 그것들을 헤쳐나간 사람이 있었음을 기억해야 한다. 그리고 스스로에게 이렇게 다짐해야 한다.

"그들이 해냈다면 나도 해낼 수 있다 ."

인간의 대지 Terre des Hommes

진정으로 가치있는 것은 때로 그 무게가 느껴지지 않는다. 단순한 미소가 때때로 가장 소중한 가치를 드러내주기도 하는 것처럼. 살짝 짓는 미소로 금전적인 보상을 받을 수도 있고, 마음의 보답을 얻을 수도 있다. 또한 미소를 통해 삶의 활력을 얻기도 한다.

전시에 쓴 편지(1939~19440 Wartime Writings

다른 사람을 심판하는 것보다 자기 자신을 심판하는 것이 훨씬 더 어려운 일이야. 만약 네가 자기 자신을 제대로 심판할 수 있다면 그건 네가 정말로 지혜로운 사람이기 때문이지.

어린 왕자 Le Petit Prince

집이 경이로운 것은 그것이 우리를 안전하고 따뜻하게 보호해 주며 또 외부와 차단시켜 주기 때문이 아니다. 오히려 우리들의 마음 속에 포근함을 간직할 수 있게 해주기 때문에 경이로운 것이다. 마음속 깊은 곳에서, 샘물이 솟아나듯 꿈들이 태어나도록 하기 때문이다.

인간의 대지 Terre des Hommes

집에 있는 정원의 벽이 중국의 만리장성보다 더 많은 비밀들을 간직할 수 있다. 또한 두꺼운 모래층으로 보호되고 있는 사하라의 오아시스보다, 침묵으로 한 소년의 마음이 더 단단히 보호될 수 있는 것이다.

인간의 대지 Terre des Hommes

얼굴이 아주 붉은 신사가 살고 있는 별을 하나 알고 있어.
그는 꽃향기를 맡아본 적도 없고, 별들을 바라보는 일은
더더욱 없지. 그리고 누구를 사랑해본 적도 없어. 오로지
계산만 하고 있거든. 그리고는 하루종일 아저씨처럼 잔뜩
거드름을 피우며 '난 바쁜 사람이야! 난 바쁜 사람이야!'
라는 말만을 되풀이하고 있지. 그러니 그를 사람이라고 할
수 있겠어? 버섯일 뿐이지!

어린 왕자 Le Petit Prince

사람들은 급행열차를 타지만 정작 자신들이 무엇을 찾으러 가는지는 모르거든. 그래서 허둥거리며 제자리만 맴돌곤 하지······

어린 왕자 Le Petit Prince

인간으로 살아간다는 것을 정확하게 표현하면 책임감을
느껴야 한다는 것이다. 자신과 무관한 것처럼 보이는 빈곤
앞에서는 수치심을 느껴야 하며, 동료들이 얻어낸 승리에
대해서는 자부심을 가져야 하며, 자신이 가져다 놓은 돌이
이 세상을 건설하는 데 이바지한다고 느껴야 하는 것이다.

인간의 대지 Terre des Hommes

평온함은 언제나 괴로움 속에서, 그 괴로움의 진원지에서
찾아낼 수 있다.

전시에 쓴 편지(1939~19440 Wartime Writings

"사막이 아름다운 건, 어딘가에 우물을 감추고 있기 때문
이지……"

어린 왕자 Le Petit Prince

생텍쥐페리

(Antonie de Saint-Exupéry 1900~1944)

앙투완 드 생텍쥐페리는 1900년 6월 29일 프랑스의 리옹에서 태어났다. 12살 때 앙베리 공항에서 처음으로 비행기를 타본 후부터 그는 조종사가 되겠다는 꿈을 갖게 되었다.

1919년 파리에서 해군사관학교에 지원했으나 시험에 낙방하고 그대신 에콜 드 보아 미술학교에 입학하여 건축을 공부했다.

1921년 군에 입대한 생텍쥐페리는 스트라스부르의 제2전투기 연대에서 복무했으며 이곳에서 비행기 조종술을 배우게 되어 어린 시절의 꿈을 이루게 된다. 1922년 부르

제의 전투비행단에서 소위로 복무하던 그는 루이 드 빌모린과 약혼했다. 그러나 그가 추락 사고를 당하자 약혼녀 가족들의 반대로 조종사의 길을 포기하고 벽돌공장에 취직했지만 결국 파혼을 하게 되었다.

1923년 제대한 그는 여러 가지 직업을 전전하며 어린 시절부터 품고 있던 또 하나의 꿈인 글쓰기에 전념했다. 1926년 처녀작 《비행사》를 '르나뷔르 다르장'지에 발표했으며, 같은 해 에르 프랑스의 전신인 라코테르 항공회사에 입사했다. 그는 동료인 기요메와 함께 툴루즈-카사블랑카 그리고 다카르-카사블랑카 사이의 우편비행을 담당하며 비행기 조종사로서의 인생을 다시 시작하게 되었다. 1928년에는 비행중의 경험을 바탕으로 집필한 《남방우편기》를 발표했다.

1929년 5월, 아르헨티나 우편항공 회사의 영업책임자로 근무하던 그는 동료인 기요메가 22회째 안데스 산맥 횡단 비행 도중 폭풍우를 만나 실종되자 동료들과 함께 5일간 수색활동을 벌였으나 끝내 발견하지 못했다. 그러나 기요메는 오랜 시간의 사투 끝에 살아서 돌아왔으며 이 이야기는 훗날 그의 작품 《인간의 대지》를 통해 자세하게 그려지게 된다.

　한편 이 무렵 《야간 비행》을 발표했는데, 이 작품은 커다란 반향을 일으켜 1931년 '페미나 문학상'을 수상하게 되었다. 이로써 생텍쥐페리는 작가로서의 역량을 인정받게 되었다.

　1935년 12월 31일 파리-사이공 간의 비행기록을 수립하기 위해 장거리 비행을 하던 중 기관사 프레보와 함께 리

비아 사막에 불시착했다. 그후 3일 동안 사막에서 조난 상태로 지내다가 베두인 대상에게 발견되어 구조되었다. 이렇듯 목숨을 걸어야만 하는 위험한 사고를 겪으면서도 생텍쥐페리는 결코 조종간을 놓으려 하지 않았다.

1938년 뉴욕, 티에라 델 푸에고, 아르헨티나 사이를 비행하던 중 과테말라에서 또 한번 사고를 당해 중상을 입었으며 그 해에 사막에서의 이야기를 다룬 소설 《인간의 대지》를 탈고했다. 1939년 2월에 프랑스에서 출판된 이 소설은 같은 해 6월에 《바람과 모래와 별들》이라는 제목으로 미국에서 출판되어 '이 달의 양서'로 선정되었으며, 프랑스에서는 1939년 아카데미 프랑세즈의 소설 대상을 수상했다.

제2차 세계 대전 중에는 알제리에 파견되었다가 독일군

이 점령하게 되자 미국으로 건너가 머물렀다. 1942년에는 전쟁 중의 배경을 바탕으로 《아라스로의 비행》이 미국에서 출판되어 베스트셀러를 기록했다. 이 작품은 같은 해에 프랑스에서 《전투조종사》라는 제목으로 동시에 출간되었으며, 나치 점령 당국에 의해 판매 금지 처분을 받기도 했다. 그리고 같은 해에 뉴욕에서 《어떤 인질을 위한 편지》가 출판되었으며 1943년에는 생텍쥐페리의 대표작으로 손꼽히는 동화체의 작품 《어린 왕자》가 출판되었다.

1942년 연합군의 북아프리가 상륙작전이 성공하자 생텍쥐페리는 1943년 정찰비행단에 복귀하여 알제리에 배속되었다. 알제리로 돌아온 생텍쥐페리는 줄곧 비행을 멈추지 않았으며 동시에 새로운 작품《성채》도 구상하고 있었다.

　1944년 7월 31일 그르노블–안스 지구에 출격한 생텍쥐
페리는 결국 돌아오지 못했다. 코르시카의 바스티아 북쪽
1백 킬로미터 지점에서 독일군 정찰기에 의해 격추된 것
으로 추측된다.

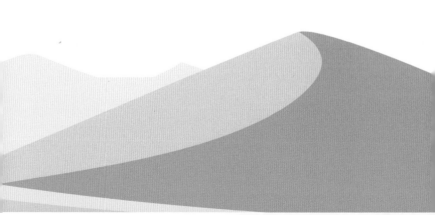

어른이 되기 전에는 누구나 어린이였다

'나는 그 멋진 그림을 어른들에게 보이며 내 그림이 무섭지 않느냐고 물어보았다.

어른들은 한결같이 '모자가 왜 무섭겠니'라고 했다.
내 그림은 모자가 아니었고 코끼리를 소화시키고 있는 보아구렁이였다. 그래서 어른들이 알아볼 수 있도록 보아

구렁이의 속을 그려서 보여주었다. 어른들은 언제나 설명을 해주어야 한다. 내 두 번째 그림은 다음과 같다.

1942년 생텍쥐페리가 롱아일랜드의 노스포트에서 동화 형식으로 집필한 《어린 왕자》는 이렇게 시작한다. 이 작품의 도입부인 보아 구렁이의 그림은 생텍쥐페리의 생각을 가장 간명하게 엿볼 수 있는 부분이다. 즉 가장 본질적인 발견은 '눈이 아닌 마음으로 이루어진다'는 것이다.

생텍쥐페리는 다방면에 걸친 재능과 열정을 지닌 사람이었다. 여러 비행항로를 개척한 선구자적인 비행기 조종사였으며, 조국 프랑스를 사랑한 애국자였으며 논리적이면서도 감성이 풍부한 문장으로 전세계의 독자들을 감동

시킨 소설가였다. 그는 하늘과 땅 어디에서건 인간의 본질에 대해 끊임없이 탐구했으며 그러한 노력의 결과물을 자신의 글을 통해 나타내고자 했던 행동주의 작가였다.

작가로서 자신의 작품 속에서 줄기차게 추구했던 주제는 '행복의 근원, 우정의 본질, 사랑의 힘 그리고 인간으로서 지켜야할 의무' 같은 것이었다. 그는 이러한 가치들을 실제 자신의 삶 속에서 행동을 통해 적극적으로 추구했으며 그러한 모습들은 자신의 글 속에 생생하게 드러나 있다.

언제든 죽음과 맞닥뜨릴 수 있는 비행기 조종사였던 그는 홀로 하늘과 바람 그리고 별들과 대화하며 완벽한 고독을 겪어내야 했으며 때로는 폭풍과 맞서 싸우거나 사막에 조난되어 생존을 위해 투쟁해야 했다. 그는 그런 절박한 상황 속에서 인간으로서의 의무와 용기 그리고 행복과 사랑, 삶의 진정한 가치에 대해 생각했으며 그것들을 고스란히 글로 남겼던 것이다.

그의 모든 작품들은 슬픔과 고통의 극복을 통해 인생의

본질을 추구하고 있다. 그리고 인간적인 삶의 본질은 독립적인 존재가 아닌 인간과 인간 사이의 정신적인 유대관계 속에서 찾아야 한다는 것을 보여준다.

특히 생텍쥐페리를 가장 유명하게 만든 작품인《어린 왕자》에서는 잊혀져 가는 가치들, 즉 행복, 창의력, 인내심, 순수에 대해 일깨워 줌으로써 순수한 어린이의 넓고 깊은 시각을 되찾을 수 있도록 해준다.

생텍쥐페리의 작품들은 시간과 공간을 초월하여 전세계의 수많은 사람들에게 감동을 선사하고 있으며, 많은 사람들이 그의 작품 속의 일부분을 인용하여 삶의 지표로 삼기도 한다.

이 책《어린 왕자의 맛있는 이야기》는 생텍쥐페리의 작품들 중에서 작가의 생각이 가장 잘 드러나 있는 부분들을 발췌하여 주제별로 재구성한 것이다.

발췌의 기준으로 삼은 것은 다음과 같다.

"이 이상한 별의 사람들에게 내가 별들을 여행하여 느

겪던 행복을 나주어 줄 수 있다면 얼마나 좋을까? 함께
이야기를 나눌 때의 즐거움, 그리고 맛있는 케이크 한 조
각을 입에 넣을 때의 환희 같은 것들 말이야. 그건 마치
저 오아시스를 발견했을 때의 기쁨과도 같을 거야!"